L'EGLOGUE DE MARLY.

Divertissement mis en Musique par
PIERRE D'ANICAN PHILIDOR
pensionnaire ordinaire de la Musique
du Roy.

CHANTE'

Devant MONSEIGNEUR à Marly le 4ᵉ du
mois de *janvier 1702, et chanté*
à versailles devant sa majesté le 8 du mesme mois.

PERSONNAGES DE L'EGLOGUE.

LYCARSIS vieux paſtre, pere d'Iphiſe, M^r. *pluuigny*

BELISE vielle bergere, mere d'Iphiſe, Mlle *desenclos*

IPHISE, jeune bergere promiſe à Tircis, Mlle *desenclos*.

TIRCIS berger promis à Iphiſe. M^r *abellard.*

HYLAS berger amant d'Iphiſe. M^r *bastavon.*

IRIS bergere amante de TIrcis. Mlle *bury.*

OEGLE' bergere parente d'Iphiſe, Mlle *desenclos.*

CORYDON berger parent de Tircis. M^r *pluuigny.*

ANETTE bergere amie d'Iphiſe. Mlle *desenclos.*

UN FAUNE. M^r *pluuigny.*

UN SYLVAIN. M^r *gourdin.*

Troupe de Sylvains & de Faunes.
Troupes de Bergers & de Bergeres qui ſont priez de la nôce
   de Tircis & d'Iphiſe.

La Scene eſt dans les boccages de Marly.

L'EGLOGUE
DE MARLY.

SCENE PREMIERE.

HYLAS seul.

IMABLE & douce solitude,
Charmants Ruisseaux, sombres Forets,
Vous fustes les témoins de mes plaisirs se-
crets,
Vous le serez de mon inquiétude......
C'ESTOIT dans ce reduit charmant
Qu'Iphise me juroit une ardeur eternelle,
Et cependant Iphise, l'infidelle
Comble les Vœux d'un autre Amant......

AIMABLE & douce solitude,
Charmants Ruisseaux, sombres Forets,
Vous fustes les témoins de mes plaisirs secrets,
Vous le serez de mon inquiétude.
EST-IL un supplice plus rude,
Que d'aimer tendrement un objet plein d'attraits,
Et de le perdre pour jamais.
AIMABLE & douce solitude,
Charmants Ruisseaux, sombres Forets,
Vous fustes les témoins de mes plaisirs secrets,
Vous le serez de mon inquiétude.

TIRCIS surprend HYLAS, dans le temps qu'il est le plus attaché à ses pensées.

SCENE SECONDE.

HYLAS, TIRCIS.

TIRCIS.

QUOY je vous trouve seul dans ces bois écar-
tez !
Hylas, que cherchez vous dans ce lieu solitaire !

HYLAS.

QUE ces bois sont enchantez !
Que ce sejour a dequoy plaire !
Le brillant Dieu qui nous éclaire
De ces heureux climats admire les beautez,
Il repand en ces lieux l'eclat de sa lumiere.

HYLAS, TIRCIS.

DEPUIS qu'un Heros glorieux
De ses regards favorise ces lieux,
Tout brille en ce sejour d'une grace nouvelle.
Le Printemps en a fait sa demeure éternelle.
Icy la Terre est toûjours belle,
Et les Demons des Airs dans cet asyle heureux

B

N'inspirent plus une terreur mortelle,
DEPUIS qu'un Heros glorieux
De ses regards favorise ces lieux.

HYLAS.

VOYEZ couler cette onde pure
Sur les humides bords de ces petits Ruisseaux.
De l'Eau qui murmure
Le Zephir agite les flots.

TIRCIS.

HYLAS que ces feintes sont vaines !
Donnez un libre cours à de justes soupirs.
Vous n'aimiez autrefois les Forets & les Plaines
Qu'avec l'objet qui faisoit vos plaisirs.....
Vous voulez, mais en vain, cacher vostre martire.
N'aimiez vous pas Iphise tendrement ?

HYLAS.

QUELQUEFOIS j'ay pû luy dire ;
Mais ce ne fust jamais qu'un doux amusement.

TIRCIS.

LA perte d'un objet charmant
Est sensible pour un Amant.

HYLAS.

JE ne connois point la tristesse.

Je fçais me faire un tranquile deſtin,
Et la perte d'une Maitreſſe
Ne fçauroit me donner un moment de chagrin...
Je veux punir ſon inconſtance
Par ma froideur & mes mepris.
Je verray ſon hymen avec indiference;......
Mais quel eſt ſon Amant?.... dite le moy, Tircis.

TIRCIS.

EH bien de mon bonheur connoiſſeZ tout le prix.
L'hymen m'unit avec Iphiſe.
Il n'eſt plus temps de cacher noſtre ardeur....
Mais, Hilas, quelle eſt ma ſurpriſe!....
Vous fremiſſez!... vous changez de couleur!....

HYLAS.

CE n'eſt qu'une foible vapeur.

TIRCIS.

JAMAIS beauté ne fuſt plus tendre.
Ah, qu'elle fçait repondre à de vives ardeurs!
Que ſes beaux yeux expriment de langueurs!
Que leurs regards ſe font entendre!
Que ſous d'aimables nœuds l'amour unit nos cœurs!..
JAMAIS beauté ne fuſt plus tendre.

HYLAS à part.

QVAND il perce mon cœur des plus funestes coups,
Faut-il encore luy cacher mon coutoux !
Quelle cruelle violence !
O ciel . . . . .

TIRCIS.

LA jeune Oeglé s'avance.

SCENE TROISIEME.

OEGLE', HYLAS, TIRCIS, CORYDON.

PLVSIEVRS Bergeres & Bergers qui sont priez de la nôce d'Iphise, conduits par Oeglé s'avancent en dançant.

CHOEUR des Bergers & des Bergeres.

Par mille jeux, mille transports charmants
Celebrans le bon-heur de ces jeunes Amants.

OEGLE' à Tircis.

QVE dans ee jour Iphise est belle !
Avec Tircis l'Hymen luy paroit doux,
Et le plaisir de l'avoir pour epoux
Luy donne encore une grace nouvelle.

TIRCIS.

AIMABLE Oeglé, vous redoublez les feux
De l'ardeur la plus violente.

CORYDON à Tircis.

HASTONS le doux moment qui doit vous ren-
dre heureux

C

Allons trouver cette beauté charmante.

TIRCIS.

VENEZ, venez, mon cher Hylas.
Venez estre témoin du bonheur qui m'enchante.

OEGLE'.

REPONDEZ à son attente.
Venez, venez aimable Hilas.

HYLAS à Tircis & à Oeglé.

DANS un moment je vais suivre vos pas. ...

UN prélude animé exprime le trouble & la fureur
d'Hylas.

SCENE QVATRIEME.

HYLAS seul.

DIEUX cruels, que viens-je d'entendre!....
L'Hymen va combler leurs vœux.
Jamais amour ne fust plus tendre!....
Mon Rival est aimé....mon Rival est heureux,
Et c'est luy qui vient me l'apprendre!...
Ah, quel aveu!...quelle sincerité!....
Il me peint les transports de son amour extreme,
Mille douceurs, dont il est enchanté,
Et les plaisirs que j'éprouvois moy mesme
Avec cette ingrate beauté!....,
Mais, lasche, puis-je encore aimer une infidelle!.....
Ah vengeons nous ....oublions la cruelle......
Que le mepris soulage mon tourment!
Qu'une autre ayt tous mes vœux & mon empres-
sement!......
Iris vient en ces lieux......elle est aimable & belle,
Qu'elle me venge en ce moment!.....

SCENE CINQVIEME.

HYLAS, IRIS.

HYLAS à Iris.

VENGEZ vous d'un infidelle.
Tircis brusle de nouveaux feux.

IRIS.

VENGEZ vous d'une infidelle.
Iphise va le rendre heureux.

HYLAS.

Ah, ne me parlez plus d'une ingrate Maitresse.

IRIS.

Ah, ne me parlez plus d'un infidelle Amant.

HYLAS, IRIS.

C'EN est fait je suis sans tendresse.
Avec plaisir je vois son changement.
C'EN est fait je suis sans tendresse.....

HYLAS.

N'AIMEZ vous plus vostre Berger ?

IRIS.

OUBLIEZ vous voftre Bergere.

HYLAS.

D'IPHISE pour jamais j'ay fçeu me degager.

IRIS.

ET Tircis m'a rendu legere,
Vn volage apprend à changer.....
PAR fes difcours trompeurs l'ingrat m'avoit fçeu
    plaire.
Il furprit mon cœur ayfement.
Je veux faire choix d'un Amant,
Dont la tendreffe ayt moins d'empreffement,
Et dont l'amour foit plus fincere.

HYLAS.

AVEC Iris j'aimerois conftament.

IRIS.

C'ESTOIT là le langage,
Et les ferments du parjure Tircis.
Vous furprenez mon cœur, comme il l'avoit furpris;
Mais comme luy vous deviendrez volage.

D

HYLAS.

CEDEZ à mon amour. Aimez, charmante Iris.
Rendons les Dieux jaloux de mon bonheur fupreſme.

IRIS.

SOYEZ conſtant.

HYLAS.

HELAS, ſi vous m'aimiez de meſme,
Que mon cœur ſeroit content !

IRIS.

HYLAS, faut-il qu'en cet inſtant
Ma bouche vous aſſure une tendreſſe extreſme?
Lorſque l'on dit, ſoyez conſtant,
N'eſt-ce pas dire que l'on aime?
Sous les plus douces loix nos cœurs vont s'engager.

que l'inconstance doit nous plaire !

IRIS, HYLAS.

ne brulez pas d'une flamme legere.

Trop heureux le dépit qui nous a fait changer.

ON entend une ſymphonie champeſtre.

HYLAS apercevant Iphiſe.

MAIS j'apperçois mon infidelle.

IRIS apercevant Tircis.

JE vois Tircis ce Berger inconstant.

HYLAS à part.

POVR mieux punir cette cruelle,
Paroiſſons tranquille & content.…

SCENE SIXIEME.

TIRCIS, IPHISE, HYLAS, IRIS, OEGLE,
ANETTE, CORYDON, LYCARSIS, BELISE.

UN Faune, UN Sylvain.

TROUPE de Bergers & de Bergeres.

TROUPE de Sylvains & de Faunes.

LES Bergères & les Bergers couronnez de Fleurs amenent
Tircis & Iphise en chantant & dançant.

HYLAS aux Bergers & aux Bergeres.

DONNEZ à vos chansons une douceur nouvelle.
Chantons à jamais,
Qu'Iphise est belle !
Qu'elle a d'attraits !

CHOEUR des Bergers & des Bergeres.

CHANTONS à jamais,
Qu'Iphise est belle !
Qu'elle a d'attraits !

LES Bergers & les Bergeres dancent au son des haut-bois.

TIRCIS, IPHISE.

QVE mon sort est digne d'envie !

Que mon bonheur va faire de jaloux !
Le plus doux moment de ma vie
Est celuy qui me donne à vous.

CORYDON.

CHANTONS ne songeons qn'à rire.
Folastrons divertissons nous.
Est-il un jour plus charmant & plus doux ?
On voit dans tous les yeux le plaisir qu'il inspire.

BELISE, LYCARSIS à Tircis & à Iphise.

VOUS serez bien-tost contents.
L'Hymen en ce jour vous assemble.
Il nous avoit unis ensemble ,
Et nous faisôit conter tous les instants.

ANETTE.

IPHISE n'est plus severe.
De son Amant elle fait un époux.
Il n'est point icy de Bergere ,
Qui ne suivit un exemple si doux.

PRÉLUDE de Symphonie Bachique.

UN Faune, UN Sylvain.

POUR voir les jeux que l'on appreste,
Avec Baccus nous paroissons toûjours.
Qu'il soit en ce jour de la feste !

F

Son jus divin anime les amours.

LES Faunes & les Sylvains celebrent par leurs dances la joye qu'ils ont de l'Hymen de Tircis & d'Iphise.

CHOEUR des Bergers & des Bergeres.

AIMEZ , Bergers , aimez Bergeres.
L'amour repond à nos tendres desirs.
Il fait souffrir quelques peines legeres;
Mais rien n'égalle ses plaisirs.

LES Bergers, les Bergeres, les Faunes, les Sylvains entourent Tircis & Iphise de Guirlandes , de Mirrhes & de Fleurs.

OEGLE'.

VENEZ aimables jeux , dans nos douces retraittes
Regnez dans cet heureux sejour.
Chantez Bergers. animez vos Musettes.
Vous ne pouvez dans ce beau jour
Trop inspirer la douceur de l'amour
Par vos aimables chansonnettes.

LES Bergers de la nôce se réjouissent en dançant.

IPHISE.

ACHEVES de combler mes desirs les plus doux.
Amour, formes les nœuds d'une chaine éternelle.
Ne fais pas un volage époux

D'un Amant tendre & fidelle.

En regardant Tircis.

TIRCIS à Iphife.

L'ORS que l'amour repond à mes defirs,
Je ne fçais point brifer mes chaines.
J'eftois conftant dans les peines,
Je le feray dans les plaifirs.

Les Bergeres de la Nôce dancent au fon des Mufettes.

HYLAS, IRIS.

UNISSONS nous des chaines les plus belles.
Que rien n'egalle nos feux.
Soyons toûjours les plus fidelles
Des Amants les plus heureux.

LES Bergers & les Bergeres vont faire leurs prefens aux
Mariez.

HYLAS.

BEAUX lieux , puiffiez vous toûjours plaire
A l'augufte Heros qui vous donne des loix !

TIRCIS.

QU'IL vienne toujours dans nos bois
Que fa prefence nous eft chere !

HYLAS, TIRCIS.

BEAVX lieux, puiſſiez vous toûjours plaire
A l'auguſte Heros qui vous donne des loix !

HYLAS, IPHISE, TIRCIS.

LES plaiſirs marchent ſur ſes traces.
Ils ſuivent par tout ſes pas.
Noſtre ſejour plein d'appas
Reprend en le voyant mille nouvelles graces.
LES plaiſirs marchent ſur ſes traces.
Ils ſuivent par tout ſes pas.

CHOEUR des Bergers & des Bergeres.

BOIS épais, charmants feüilliages,
Que ce Heros vous cheriſſe toûjours !
Nous gouterons dans nos heureux Boccages
La douceur des plus beaux jours.

FIN de l'Eglogue de Marly.

GUERIN.

www.ingramcontent.com/pod-product-compliance
Lightning Source LLC
Chambersburg PA
CBHW061527170626
46811CB00004B/1880